Date: 10/12/18

SP J MANUSHKIN
Manushkin, Fran,
La torre embromada de
Pedro /

PEDRO

LA
TORRE
EMBROMADA
DE PEDRO

por Fran Manushkin

ilustrado por
Tammie Lyon

PICTURE WINDOW BOOKS
a capstone imprint

Publica la serie Pedro Picture Window Books,
una imprenta de Capstone,
1710 Roe Crest Drive
North Mankato, Minnesota 56003
www.mycapstone.com

Texto © 2018 Fran Manushkin
Ilustraciones © 2018 Picture Window Books

Los datos de CIP (Catalogación previa a la publicación, CIP) de la Biblioteca del Congreso se encuentran disponibles en el sitio web de la Biblioteca.

ISBN: 978-1-5158-2513-5 (encuadernación para biblioteca)
ISBN: 978-1-5158-2521-0 (libro de bolsillo)
ISBN: 978-1-5158-2529-6 (libro electrónico)

Resumen: En la clase de Pedro, los niños están armando torres con vasos de cartón para ver quién puede construir la torre más alta. A Pedro le encanta construir, pero tiene un gran problema. Roddy, el Alborotador, está en su equipo.

Diseñadora: Tracy McCabe

Fotografías gentileza de:iStockphoto: huron photo, pág. 29
Elementos de diseño: Shutterstock

Impresión y encuadernación en los Estados Unidos de América.
010837S18

Contenido

Capítulo 1
Un proyecto embromado

A Pedro le encanta

construir. Ayudó a su papá

a construir una casita en el

árbol. Ayudó a su abuelo a

construir la chimenea.

Un día la maestra Winkle,

su maestra, le dijo a la clase:

—Tengo un proyecto de

construcción embromado

para ustedes.

—¡Bien! —gritó Roddy—.

Me encantan las bromas.

Siempre hago bromas a

los demás.

—*Embromado* no se refiere

a las bromas —dijo la maestra

Winkle—. Intentaremos

construir la torre más alta.

—¡Eso es fácil! —dijo Pedro—.

Solo necesitamos muchos ladrillos.

—No usaremos ladrillos

—explicó la maestra Winkle—.

Usaremos diecinueve vasos de

cartón. Trabajarán en equipos.

Barry y Juli estaban en
el equipo de Katie Woo.
Sophie estaba en el equipo
de Pedro. ¡Y Roddy también!

—¡Cuidado! —advirtió

Katie—. R-O-D-D-Y significa

P-R-O-B-L-E-M-A-S.

Capítulo 2

Hora de construir

La maestra Winkle les indicó a

los equipos:

—Antes de construir, necesitan

un plan.

—Yo no necesito un plan

—dijo Pedro—. Ya sé qué hacer.

Pedro comenzó a apilar
vasos de cartón. Intentaba
hacer torres altas, pero se
caían siempre.

Roddy se puso cuatro vasos
de cartón sobre la cabeza.

—¡Cuidado! —bromeó—.

Mi torre también se cae.

Pedro y Sophie lo intentaron una y otra vez. Pero los vasos siempre se caían.

—¡Ay, no! —protestó Pedro—. Cómo me gustaría tener ladrillos.

Luego llegó la hora del recreo.

Roddy le propuso a Pedro:

—¡Olvídate de la torre!

Veamos quién hace más

verticales. ¡Sé que ganaré!

Roddy se paraba sobre las

manos una y otra vez. Pedro lo

intentaba. Pero siempre se caía.

—Mírame y aprende —dijo

Roddy.

Pedro miró a Roddy.

Luego se puso a pensar.

—¡Eso es! —gritó Pedro—.

Acabas de mostrarme cómo

construir la torre más alta.

Capítulo 3

La torre más alta

Después del recreo, Pedro volvió corriendo al salón de clases. Dijo:

—Pongamos algunos vasos hacia arriba y otros hacia abajo.

Pedro y Sophie comenzaron
a construir.

—Déjenme ayudar —pidió
Roddy. Comenzó a apilar los
vasos.

Su torre se hizo más y más alta. ¡No se cayó! ¡Fue la torre más alta!

—¡Bien hecho! —dijo la

maestra Winkle.

Roddy no podía dejar de

sonreír. Le dijo a Pedro:

—Sabía que podríamos

hacerlo.

Chocaron los cinco.

Después de la escuela,

Pedro le preguntó:

—¿Quieres ayudarme a

arreglar mi casita del árbol?

—¡Genial! —exclamó

Roddy—. Te corro una carrera

hasta allí.

Los dos ganaron.

Sobre la ilustradora

El amor de Tammie Lyon por el dibujo comenzó cuando ella era muy pequeña y se sentaba a la mesa de la cocina con su papá. Continuó cultivando su amor por el arte y con el tiempo asistió a la Escuela Columbus de Arte y Diseño, donde obtuvo un título en Bellas Artes. Después de una breve carrera como bailarina profesional de ballet, decidió dedicarse por completo a la ilustración. Hoy vive con su esposo, Lee, en Cincinnati, Ohio. Sus perros, Gus y Dudley, le hacen compañía mientras trabaja en su estudio.

Conversemos

1. A Pedro le gusta construir cosas. ¿Cómo se diferenciaba el proyecto de construcción de torres de otras cosas que él había construido?

2. Pedro no hizo un plan, aunque su maestra les dijo que lo hicieran. ¿Cómo habría sido el cuento si su equipo hubiera hecho un plan?

3. ¿Crees que Pedro y Roddy serán amigos ahora? ¿Por qué? ¿Por qué no?

Redactemos

1. ¿Qué te gustaría construir? ¿Qué elementos necesitarías? Escribe un párrafo sobre esto.

2. Haz una lista de cinco adjetivos (palabras usadas para describir) que describan la torre del equipo de Pedro. Luego elige una palabra y úsala en una oración.

3. Los alumnos trabajaron en equipos. Es importante ser un buen compañero al trabajar en equipo. Escribe tres reglas para ser un buen miembro de un equipo.

¡Apilar vasos por deporte!

En este cuento, Pedro, Juli y Roddy tuvieron que construir una torre alta con vasos de cartón. Fue difícil, pero lo hicieron y ganaron la competencia.

¿Y sabes qué? ¡Apilar y mover vasos rápidamente es un deporte de verdad! Se llama apilamiento de vasos, y se realizan competencias en todo el país. A los niños se les entregan vasos de plástico. Deben seguir reglas estrictas para apilarlos y moverlos hacia arriba, abajo, adelante y atrás tan rápido como puedan.

¡Hacer esto es embromado! Requiere concentración, rapidez y atención. ¡No puedes distraerte cuando mueves vasos por todos lados a una velocidad récord! A veces los niños trabajan en pares, lo que puede ser aún más embromado.

Para obtener más información sobre apilamiento de vasos, ver videos de ganadores y buscar torneos de apilamiento de vasos, visita www.thewssa.com.

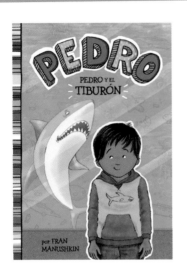

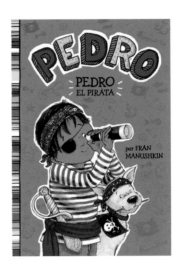

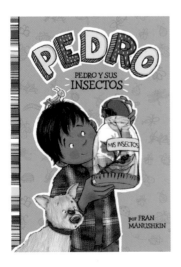

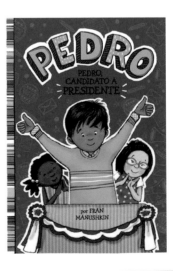

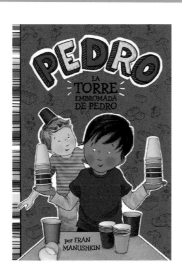

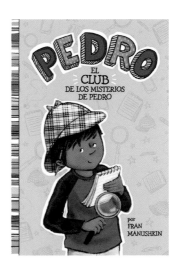

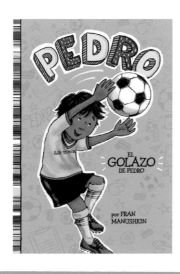

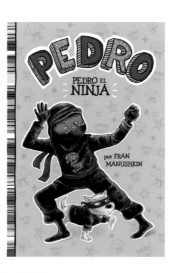

LA DIVERSIÓN NO TERMINA AQUÍ...

Descubre más en www.capstonekids.com

- 🔨 Videos y concursos
- 🔨 Juegos y acertijos
- 🔨 Amigos y favoritos
- 🔨 Autores e ilustradores

Encuentra sitios web geniales y más libros como este en www.facthound.com. Solo tienes que ingresar el número de identificación del libro, 9781515825135, y ya estás en camino.